빈 계절의 연서

빈 계절의 연서

정기모 시집

아직은 빈약한 나의 시가
명치끝에 걸릴 때가 있습니다
아침에 눈을 떠 창문을 열면
말간 얼굴로 들어오는 찬 공기처럼
삶을 살아가면서 버겁던 날들을
가지런히 풀어내면서
시를 읽는 짧은 순간이라도
숨소리 따뜻해지고 잔잔한 감동으로
추억 한 조각쯤 회상했으면 합니다.
무심코 쳐다보는 밤하늘 푸른 별들에서
고향을 그리고 첫사랑을 그린다면
아주 짧은 휴식이 되는 것처럼
그런 휴식 같은 시를 쓰며
까치발로 조심스럽게 걸어가면서
가슴 촉촉이 적셔줄 줄 아는
단비 같은 시를 쓰고 싶은 소망입니다
오랜 바람으로 염원했던
첫 시집을 세상에 내놓으면서
그 무게가 더해져 옴은
당연한 일이라 생각합니다.

깨달음의 순도가 높은 시를 쓰리라 다짐하며
많은 것을 다시 배우고 반성하는 시간입니다.
늘 감사한 마음 전하면서
끝까지 응원해 주시고 다독여 주신 친구들과 지인들
표지에서 글 수정까지 많은 도움을 준
우리 가족들에게도 감사함을 전합니다.
고맙고 또 고맙습니다.

늘 행복하시길 기원 드립니다.

2016. 9월 가을쯤에서

정 기 영

제 1 부 그리움과 풍경

계절의 경계 　　　　　　　12

벚꽃 그늘에 들어 　　　　　14

푸른 시절 　　　　　　　　16

유월에는 　　　　　　　　　18

바람이 분다 　　　　　　　20

가을빛 붉은 날에 　　　　　21

바람의 숲 　　　　　　　　23

아득한 것들 　　　　　　　24

찔레꽃 지고 나면 　　　　　25

그리움으로 건너는 계절 　　26

목련 나무 아래서 　　　　　28

그리움의 풍경 　　　　　　29

눈부신 오월 　　　　　　　30

아름다운 계절 　　　　　　31

겨울로 가는 풍경 　　　　　32

별들이 익는 구월 　　　　　34

낯선 풍경에 마음 준 적 있다　35

석모도에서 　　　　　　　　37

6

그대의 풍경처럼   38

붉은 연서   39

눈부신 오월에는   40

제2부   그리움과 편지

팔월에 띄우는 편지   44

칠월 그 중심에서   46

가을 우체국   47

시월엔   49

초여름의 안부   50

봄 편지   51

너무 가난한 편지   52

오월에는   54

기다림으로   56

늦은 안부를 동봉하며   67

나뭇잎 엽서   59

빛바랜 추억   60

별 푸른 밤   62

당신이 그리워요   64

가을엔   65

가을 안부   66

편지를 쓰는 동안   68

바람 편에 띄우는 편지   69

허공에 띄우는 사연   70

제 3 부   그리움과 사랑

빈 계절의 연서   72

너에게로 가는 길   73

가을 기도   75

내 귀한 나무 한 그루   76

물푸레나무 숲에 서다   78

숲은 돌아누워 우는데   79

사소하지만 그리운   80

잃어버린 우리의 2월   81

가을 끝자락에서   82

바람 앞에 이르는 말   83

가을 그 서러움   85

수선화의 꿈   86

따뜻한 그리움 87

내 작은 영토에도 88

아름다운 고백 89

그리움은 꿈처럼 91

그리움 번지는 저녁 93

그 쓸쓸한 날들 94

언제였던가 96

새벽을 열며 97

꿈길 98

제 4 부 그리움과 추억

기억하자 사랑아 100

그리운 기억 101

하얀 추억 103

그리운 사람 105

기다림의 향기 106

내 소중한 사랑아! 107

너에게 가는 길 108

꽃그늘에서 109

그대 그리우면 111

고향에도 봄은 오겠지 112

코스모스 113

겨울 나목에 기대며 114

마른 꽃 무덤 옆에서 116

사랑의 계절 117

아득히 먼 그 집에는 118

해설 일관된 그리움의 미학 / 이동백 120

제1부

그리움과 풍경

계절의 경계

뜨겁게 달구어진 가슴
새벽이슬에 묻어오는
가을 향기에 식히다 보면
잠깐씩 울어가는 풀벌레 소리는
덤으로 얻는 선물 같은데

하얗게 안개 내려앉는 동안
물푸레나무 숲은 잔잔히 일어서고
몸속 세포들이 흔들리는지
목이 붓고 갈비뼈 뻐근하여
풍경 하나의 기다림이 멀지만

아직은 성성한 푸른 잎들의
물기 가득한 노래가
풀꽃 반지에 어리다
떠나야만 한다는 걸 아는지
바람에 기댄 등이 쓸쓸해요

오고 가는 이 없는
작은 간이역 한 귀퉁이
기차 소리만 기다리는 능소화처럼
착한 언어로 흔들리며 속삭이는 말
기다림은 사랑이라고
놀을 빛에 아득히 고하고 있네요.

벚꽃 그늘에 들어

바람 편에 보낸
당신의 향기 받아 안았습니다
하얗게 부풀어 오른 당신의 향기에
올해도 안심하며 기쁨으로 눈물짓습니다

한 사나흘 지나고서
당신의 그늘에 들어
오랫동안 전하지 못한 사연들을
한참이나 풀어 볼 요량입니다

제비꽃이 눈곱 때는 사연이며
할미꽃 머리에 비녀를 꽂던 일이며
당신 곁에 가는 동안 잊지 않도록
몇 자 적어 들고 가야겠습니다

다른 해보다
당신이 마음껏 풀어내신 향기가
더 달콤한 까닭을 알 것 같아
붉은 노을을 밟으며

그렁한 눈빛이 될 것도 같습니다

당신의 수천 마디가
바람에 기대어 하얗게 날아가는 날
나는 당신의 그늘에 들어
먼 기억들을 고이 접고
당신이 남기신 향기를 접어
고이 날려나 보겠습니다.

푸른 시절

푸르게 예쁘던 시절
나는 한 번도
구름이 되거나
바람이 되어 보겠다는
꽃들의 생각을 훔쳐 본 적 없어요

오월의 찬란했던 몸살을 덥고
헛디뎌온 세월의 길이만큼
구름이거나
바람이 되어볼 요량은 더 없었고
다만 졸졸거리는 냇가에
밤이면 찾아들 반딧불이 기다려
고운 꿈 하나 접어보고 싶었지요

기다림으로 가는 이 길이
오래 전 접었던 그리움이라면
잊었던 추억이 명치끝 멍울이라면
다시 까치발 들어
구름의 노래나

바람의 노래쯤은 들어도 되겠지요

푸른 시절에
저만치 묻어둔 꿈들의 노래를

유월에는

지난밤 내렸던
빗물 뚝뚝 떨어지는
물푸레나무 숲으로 들어가
종일토록 남은 빗물 받아 마시며
내 몸 푸르게 물들이고 싶은 유월

느티나무 가지마다 빽빽한 사연이
푸른 햇살을 따라 출렁거리는 오후
밀 익는 냄새가 문득 그립고
마당 끝자락에 앵두가 익는
내 고향이 그립네

지난밤 내린 빗소리 따라
초가지붕이 젖어들었고
내 어린 꿈도 푸르게 젖어들었네
유월의 꿈이 익는, 아니
밀 익는 냄새 그리운 고향이 그립네

싱그럽게 웃어주던

옛사람의 향기가 그립고
훅 덮쳐가던 땀 냄새도 그립네
아득히 넘어오는 유월에는

바람이 분다

바람이 분다
물빛 하늘을 덮는 햇살이
어느 계곡 산허리 나뭇잎마다
붉은 소인을 찍는 동안
쪽빛 바람이 분다

밤길에 내려서던 별들이
갈잎마다 빼곡한 사연을 새기고
새벽 먼 바다에 등불을 밝힐 때면
명치끝에 머무는 가슴 시림인데
말갛게 깊어지는 냇가에서는
갈바람이 인다

아직도 들릴 듯한 목소리 있어
바람이 이는 쪽으로 눈길을 보내지만
이제는 깊어지는 그리움이라는 걸 안다
조금씩 비워지는 여백에서
바람의 깊이에서
그 향기에서

가을빛 붉은 날에

시월이 돌아오면
자작나무 숲으로 가고 싶었다
발밑 바스락거림이 좋았고
언젠가 빛살 무늬로 가로 지르던
먼 날의 그리움이 아득해

붉게 물들어가는 단풍나무 숲에서
아주 오랫동안 서성거리다
보는 이 없는 그 길에서
저녁별 가득 비밀을 숨겨두고 싶었다

시월엔 언제나
국화꽃 가득한 우체국으로
빨간 엽서를 보내며
노란 은행잎 가득 하늘이 높다고
물빛 같은 그리움도 그렸다

서럽도록 시린 가슴으로
뭉게구름에 몸 실어

붉은 산허리 나직한 곳에서
화한 들국화 물들인 그리움으로
이 가을 붉게 빛나고 싶다.

바람의 숲

소나기 그친 저물녘 노을은
더 붉게 물들고
그 아래 서성거리는 마음 하나
잠자리 따라 맴돌 때
풀 향기 가득한 안부 받고 싶었나
그렁한 눈빛 노을에 묻어요

문득 가슴에 들어차는 소리
돌돌 말아 쥔 그리움으로
자작나무 숲으로 들어
밤마다 돌아오는 별들과
소곤거리다 잠들면
뼛속 깊이 자작나무 향기 물들까요

가끔은 바람의 길 위에서
서두르지 않은 걸음 옮기며
새벽이슬에 찔리고 싶어요
가만히 접어둔 사연들이 피는
가득 들어찬 푸른 계절 속에서요

아득한 것들

달무리 내려앉는 밤입니다
보이지 않은 별자리 허공에 짚으며
목마름으로 되새기는 이름 위에
머물다 떠나는 모든 것들은
그리움일 것입니다

풀 향기 가득한 이 저녁 깊어
지나간 세월의 허리마다
나긋한 꽃수를 놓아 보아도
저 홀로 돌아눕는 풀잎 소리에
가슴만 아득하게 저립니다

복사꽃 사과꽃 저버린 자리마다
소복한 그리움이 영그는 계절
꽃 빛 화사하던 시절은 강으로 저물고
기득 차오르던 그리움은
달빛 가득 품은 돌담 아래서
꽃처럼 울다 피겠습니다.

찔레꽃 지고 나면

찔레꽃 하얗게 지던 날
노을빛 붉었었나
알싸한 향기 목 언저리 남았는데
그립다는 말 아득히 전하지 못하고
찔레꽃 하얗게 지고 말았습니다
다른 꽃들의 시절입니다
청보리밭 지나 걷던 길에
그리움 닮은 그림자 가지런해서
가슴 가득 차오르는 사람 있습니다
흐드러지게 피는 장미를 보다가
어느 쪽에선가 날 호명할 것 같아
걷던 걸음 점점 느려진 적 있습니다
새벽안개 자욱한 길목에서
텅 빈 가슴을 채우고 돌아서도
아직도 그리운 한 사람이 있습니다
어쩌면 다행인지도 모르겠습니다
그리하여 살아가는 길 위에
꽃들을 심고 피워내는 동안
향기로 살아가는 법을 배웠습니다
저물녘 산사의 풍경소리처럼

그리움으로 건너는 계절

한 계절을 지나는 일이 힘겨움인 것을
연푸른 잎들이 손짓하는 저 곳은
누가 주인인 저 집 앞에서 손짓하는지요
대문도 방문도 모두가 푸르러
눈빛마저 푸르게 물드는 계절에
자꾸만 푸른 언어로 부르시는지요

봄은 만삭으로 부풀어 오르려는데
한 차례 몸살로 빗소리마저 은은하여
자꾸만 헛잖는 그리움이지만
머지않아 찔레꽃 벙글어지면
첫사랑의 기억도 달달하게 피겠지요

지독한 그리움으로 앓아낸 힘겨움도
봄비 그치고 나면 나는 누구의 별이 되어
어느 하늘에서 반짝여 볼까요
열꽃으로 번져 오르는 봄밤이에요

서럽도록 푸르러서

자꾸만 목에 걸리는 그리움은
명치끝에 머물지만
이제 향기로 번지는 길목에서
그리움 내려놓는 계절이 되고 싶어요

목련 나무 아래서

뿌리로부터 술렁거리는
목련 나무 아래서
한껏 젖힌 목으로 혼잣말 전했어요
환하게 꽃피워 내는 날
참으로 눈부셔 꽃 울음 울겠다고
꽃잎 다문 입술로 울어 보겠다고

또, 누가 아나요
토닥토닥 가녀린 어깨에
하얀 목련꽃 지문을 찍어줄지
환한 언어로 그리운 사람 호명해 줄지

기억의 비늘들이 꿈틀거리는 밤이면
별들이 내려앉는 꽃그늘에
먼 길 달려온 바람이 숨어들어요

먼지 일던 작은 공원에
환한 고백이 번지기 시작해요
멈춰진 발등이 자꾸만 간지러워요

그리움의 풍경

사랑아, 어느 날
찬바람이 제집을 떠나
먼 바닷길로 떠나고
빈 나뭇가지마다 움찔 놀라
서로의 등을 어루만지면
많은 날을 호명했던 시간만큼
두근거림을 애써 참으며
말없이 바라보는 눈길로도 충분한
그리움의 풍경이 되자

전하지 못했던 아득함에 대해
푸르게 앓았던 몸살에 대해
낮달이 전하던 그리움에 대해
아득하게 내려앉던 보고 싶음에 대해
오래 넘기지 못했던 꽃 멀미에 대해서도
그저 바라보는 눈길로도 충분해서
아픈 날들을 고이 접는 눈물겨운
그리움의 풍경이 되자

눈부신 오월

차를 끓이고 마시는 동안
사월의 해는 동그랗게 저물고
파란 오월의 아침이 밝으면
사뿐히 내려서는 햇살을 안고
어여쁜 새색시 걸음으로
아무도 살지 않는 빈집으로 돌아가
가슴 적시는 이슬비 소릴 들어요

복사꽃 하얗게 내려앉던
나직한 돌담길 따라
공손한 인사도 없이
밤별들 무리지어 내리는 이 저녁
빛살무늬 남기며 말없이 흐르던
강 언덕 기슭에 숨어 앉자
한없이 나직해지는 겸손을 들어요

낮달보다 너 푸른 옷 입고
산 깊은 산사의
풍경소릴 담으로 가요
파란빛 눈부신 오월에는

아름다운 계절

잠시 봄비라도 내리면
생각 먼저 남쪽으로 가로지르는
눈 시리도록 아름다운 계절
마디마다 고운 등불 밝힌
목련의 고운 자태는 차라리
버선발의 어머니입니다

젖내 가득하게 피워 올리면
꽃그늘 스스로 지워가는
달빛 그림자는 야위어가고
선한 눈빛으로 새벽을 기다리며
하얀 속살을 여미는 벚꽃은
그리움 다문 입술처럼 달싹거립니다

바람이 눈을 뜨나 봅니다
텅 비웠던 공원 멀리에서
삶을 등에 업은 발걸음 소리가
말없이 피고 지는 꽃처럼
한없이 아름다운 계절입니다.

겨울로 가는 풍경

먼저 걸어간
가을이 남긴 붉은 빛 따라
나직하게 들어서던 찬비는
자작나무 숲길에 멈춰 서고

마지막 남은 나뭇잎 위에
푸르고 깊은 말 새겨 넣던
별들의 사연도 끝나는지
나뭇잎 여러 번 흔들렸습다

두근거리는 심장 소리 누르며
가만히 돌아눕는
물속 자맥질한 단풍잎들도
가슴 한쪽에 그리움 품는데

아,
이 뼈아픈 풍경들 앞에서
걸음 멈추고 눈 감고 맙니다

이 계절의 신들이여
하얗게 눈 내리는 날
내 첫사랑 보는 듯
뜨거운 걸음 다시 옮기게 하소서

별들이 익는 구월

강물이 익고
별들이 익는 구월에는
눈물겹도록 절절한 이 계절에는
나뭇잎 붉은 반점 뒤로
생에 넘치던 사랑을 감추고
한 잔의 술에 털어 넣는 고백과
우리가 간직한 낭만과
빛바랜 추억을 섞어 마셔도 좋으리

국화 향기에 반쯤 기절한 상태로
저무는 강기슭에 엎드려
아득히 흐르는 나뭇잎 모아 쥐고
긴 기다림에 목을 매고 싶어도
하늘빛 저리 푸르러
잠자리 등 하루 반나절쯤 빌려도 좋으리

바다가 익고
저 홀로 익어들 산자락에
작은 소망 한 줄 적은 소지를
활활 태워 올려도 좋으리
목마를 구월에는

낯선 풍경에 마음 준 적 있다

겨울바람 잠재운 별들은
여전히 반짝이는 입술로 노래하고
꽃물은 산 아래로부터 번져 오르는데

낯선 풍경들이
젖은 목소리로 피었다 지고 나면
먼 신작로를 따라 아득히 일어서는
아지랑이 행렬은 얼마나 뜨거운가

담장 밑 몇 십 년 뿌리내린
목련의 하얀 꿈도
밤마다 환한 등불로 자지러지지 않는가

나의 봄은
몇 번이나 불면의 밤을 지새우다
누군가의 낯선 풍경이 되지 못한 체
목련의 꽃 등 아래 나비처럼 잠들겠지만

햇살이 걸터앉은 저 숲이
푸른 눈으로 일어나
꽃등보다 환한 세상을 풀어놓으면
나는 또
낯선 풍경에 마음 내어주곤 하겠지

석모도에서

석모도 갯벌처럼
속내 들어낸 숨구멍마다
갯내음으로 채우고
먼 길 나선 바닷물 기다려
가슴 한쪽 채우고 싶었습니다

부서지는 햇살에도
멍들어 주저앉은 이방인은
모두 떠난 텅 빈 갯벌
작은 섬 하나에 기대어
존재 이유가 되고 싶었습니다

용케도 지켜온 세월이
불어가는 해풍에 간지럽고
저만치 걸린 눈썹달이 하 고와
합장하며 구부린 등이
부끄럽지 않을 만큼
자꾸만 절을 하고 싶었습니다.

그대의 풍경처럼

분분하게 피어나던 꽃들이 한 차례 지고
그 뒤에 일어서는 아카시아 향기는
미처 닫아두지 못한 가슴 편으로 스며들어
미열이 돌고 명치끝 뻐근해지는데
초여름으로 건너서는 징검다리 따라
이팝나무 꽃들은 왜 저렇게 하얗게 일어나
바람이 불 때마다, 푸르게 흔들리다
서너 개의 꽃잎 흘리며 울음 우는지

멀리 두고 온 것들에 대한 죄스러움이
돌담을 따라 길어지는 그림자 같은데
물안개 피워 올릴 새벽녘 강가로 나가
거슬러 오르는 은빛 연어 떼처럼
그리움의 거리를 가로질러보아도
그대는 왜
따뜻한 풍경으로 서성거리는지
왜 손끝 떨림으로 와 닿는지

붉은 연서

맑고 투명한 햇살과
달콤하게 번져 오르는 향기를
깊숙이 들이마시고 난 오후가 되면
잔바람에도 빗살무늬 찍으며
뒤척이는 냇물 따라
바람의 무게도 영글어 가는데

풀벌레 소리 요란한 저녁이면
청아한 초승달의 노랫소리도
맑은 물가에 내려앉자
빠르게 자맥질한 나뭇잎에
가을의 붉은 연서를 찍어놓고
속살 여미며 잠이 들고

꺾인 목으로 침묵하며 떠나는
여름날의 푸르렀던 날들이
물집 잡힌 발가락 사이에 남았는지
자꾸만 풀 향기가 묻어난다.

눈부신 오월에는

눈이 부신 오월에는
하얀 여백으로 남아 있는 하늘가에
은근슬쩍 그림 하나 그려 넣고
장독대 사이로 숨으며
떨어지는 감꽃처럼
우리 그렇게 숨어보자

눈이 부신 오월에는
일렁거리는 비늘이 아름다운 강가에서
퐁당퐁당 물수제비뜨다
물길 따라 내려오는 종이배를 건져 올려
빼곡히 적힌 시린 사연에
우리 가슴 한 번 먹먹해 해보자

눈이 부신 오월에는
다부지게 다물었던 작약 꽃잎이
지난밤 내린 비로 입술을 열 때마다
비눗방울처럼 날아 올리는
풋사랑의 연서처럼

우리 그렇게 둥둥 떠올라보자

눈이 부신 오월에는
창포 빛으로 쏟아지던 햇살이
고개 숙여 들 때면
추억이 흐르는 들판에 서서
아카시아 향기에 눈시울 붉히며
우리 그렇게 오월을 노래하자!

제2부

그리움과 편지

팔월에 띄우는 편지

새벽녘 풀벌레 소리에 잠이 깼다
이미 깨어버린 잠은 멀리 달아나고
뒤척이는 머릿속 아득히
또르르 말려드는 그리움들이
봉선화 꽃물들인 손톱 위에 맴돌아
보랏빛 편지지 위에
아직은 여름빛 푸르게 편지를 쓰며

지나 버린 것들에 대한 비명 같은
아니, 그렇게 목맸던 사랑을
푸르게 흔들리다 언젠가 맥을 놓는
한 잎 나뭇잎에 조용히 묻으며
밤별 가득 담은 가슴으로
오늘도 너에게 편지를 쓴다

너의 미소는 가슴 뛰게 하는 아픔이며
따끔거리다 피어나는 열꽃이 되기도 하지
반달 그림자 밟으며
나란히 걷던 길에 우리의 순수는 남아

별빛 하나에도
잔기침이 일고 명치끝이 아리다

여기 서서
너에게 보내는 편지 속에
새벽 햇살에 반짝이는 이슬을 모아
떨리는 손으로 동봉하며
들국화 가득하던 길에 기다림 놓아도 본다.

칠월 그 중심에서

7월의 중심에서 생각했습니다
물잠자리 날개 같은 날들을
가만히 접어 편지를 쓰자고
지나간 여름날의 상처를 덮고
잔잔하게 흐르는 새벽 강물 같은
푸른빛 반짝이는 편지를 쓰자고

숲 우거진 도랑 옆으로
물봉선화 무리 지어 피어나면
별빛보다 더 반짝이던
하얀 미소 그리워서
보이지 않는 서로를 당기며
여름 숲 같은 편지를 씁니다

바람엔 묻지도 않았습니다
제 몸 부풀려 올리는 청포도 같은
알알이 물들던 옛사랑에 대해서는
고요처럼 익어 들던 무언의 사랑
잉크 빛보다 푸른 날들을 기억하며
자작나무 흔들림 같은 편지를 씁니다.

가을 우체국

나뭇잎 끝자락에 매달려
그네를 타는 햇살에서
보랏빛 가을 향이 묻어나는 핑계로
편지를 쓰고 싶어요
아니, 아니에요
간이역처럼 잊혀 가는
자그마한 우체국엘 가고 싶어요

하모니카 소리 따라 아련한
추억과 기억들이 멈춰진 그곳에
별들이 버리고 떠난
한 잎의 나뭇잎처럼 흔들리던
미처 떠나보내지 못한
그리움의 이름이 머무는
자그마한 우체국엘 가고 싶어요

연필만 만지작거리던 손이 떨려
이제 여름이 떠나네요
새벽바람 편에 보내주신

가을 향기는 잘 받았다고
보랏빛 꽃향기만 가득 봉인한
그리움의 편지를 들고
자그마한 우체국엘 가고 싶어요
가을을 닮았던 그 우체국엘 가고 싶어요

시월엔

시월엔,
붉은 사연 넘쳐 나는 우체국에 간다
말간 도랑물에 막 헹구어낸 얼굴로
기도보다 간절한 심장 소리 누르며
느티나무 앞 작은 우체국으로 간다

시월엔,
갈대숲에 숨겼던 비밀을 찾아 안고
단풍잎 여럿 팔랑 이는 우체국에 간다
담쟁이의 길고도 여린 사연
찻잔에 놓을 동안 우체국으로 간다

시월엔,
시월엔 가을 닮은 우체국에 간다
침묵해도 좋을 눈빛과 절제된 언어로
너에게 닿고 싶어 숨찬 한나절을 걸어간다
가을이 번지는 길을 따라 온몸으로 간다.

초여름의 안부

아카시아 꽃 마른 등을 밟고 온
바람의 잔기침이 하얗게 번지면
숨어 핀 산딸기의 여름이
열두 폭 치맛자락에 물들고

초승달 나직이 걸리던 돌담 따라
한 자씩 번져가던 그 푸른 등에서
넝쿨장미보다 더 붉은 노랫소리 들립니다

여름의 기별이 가지런히 내려앉으면
하얗게 자지러지던 오월의 향기는
산마루 언덕에 고이 누워 잠들고

여우비 살짝 다녀가면
풋사랑의 수줍은 안부 몇 마디는
새벽 고요를 배고 마루 끝에 머물겠습니다.

봄 편지

벚꽃 잎 총총히 박힌 편지지에
연초록의 향기 번져 오르고
그리웠던 만큼
사랑한다. 사랑아
하얗게 날리는
부끄러운 고백이
가지런히 일어서고
그리웠던 말들은
이 저녁 벚꽃 그늘에 머문다

목련꽃 아스라이 지는 그늘에서
이슬 빛 머금은 맑은 언어로
달콤한 편지 몇 줄 쓰다 보면
수줍었던 첫사랑아
등줄기 가렵도록
두 귀 붉어져 오르고
새벽안개에 숨어 앉자
네 발소리 오래도록 들으며
가다듬은 청아한 목소리로
사랑한다
파리했던 나의 첫사랑아!

너무 가난한 편지

숨어 필 들국화와
하늘가에 맴돌 구름과
심장 소리 숨긴 별들같이
둥그러진 달빛에 기대어
가난한 마음 열었는데
그렁그렁한 고백이
백지 위에 뚝 떨어지면
보고 싶지 않았다고
그립지 않았다고
아프지 않았다고
가난하여
내 마음 너무 가난하여
단풍잎 같은 조막손으로
눈부셨던 시간만 당겨씁니다.

흘러버린 시간이
부질없다 하면서도
물기 마른 등줄기에 내려앉는
찬란한 바람의 노래는

단단히 닫지 못한 가슴에
그리운 집 채 짓는 일인데
그리운 사람아
말간 눈으로 새벽을 열 때
내 곁에 돌아와 앉는 이슬에
가슴 한 쪽 베였다고
그렇게만 씁니다.

오월에는

라일락 향기 훔치는
바람의 그림자 따라
느티나무 잎들이 일어나
소소, 라일락 뿌리를 흔들고
야윈 이마에 꽃잎 찍던 날들이
하얗게 지는 목련의 기억 너머로
아득히 지는 봄날입니다

몇 번을 달가닥거리며
여닫는 잉크병 속에
기억의 파편들이 파랗게 흐르고
당신의 세상 밖으로 멀어진
아름답던 생들이
조팝나무 꽃처럼 하얗게
너무도 하얗게 일어섭니다

싱그럽게 열리는 오월
눈물겹지 않을 것이 없지만
꽃 진 자리마다 새로운 언어로

받지 못할 편지를 씁니다
겨운 가슴으로 봄밤을 가로질러
새벽이 들어서는 소리 들릴 때까지
빛나는 아침 햇살보다 더
보드라운 편지를 씁니다.

기다림으로

눈이라도 내리면
저 작은 우체국에
하얗게 눈이라도 내리면
바람에 흔들리던 풍경들이야
잠시 꿈속에서나
제 사연 끌어안고 흔들리겠지만
오랫동안 우체통 옆을 지키며
푸르게 흔들리던 느티나무도
뿌리로부터 샘물 같은 사연을 품겠지만

눈이라도 내리면
작은 우체국 지붕이 하얗게 덮이면
책갈피 속에 숨겼던 꽃잎 같던 고백들이
문풍지 떨림 같은 소리로
푸르던 기억들을 되씹으며
얼어붙는 어느 계절쯤
새벽에 울리던 종소리같이
먼 시선에 머무는 기다림같이
하얗게 눈이라도 내리면

늦은 안부를 동봉하며

끝 모를 그리움이
늦가을 잿빛 하늘에 기대어
어느 산사의 풍경처럼
하얗게 날아오르면
사랑아
무슨 말을 건네야
가난한 우리 사랑에도
잊었던 꽃들이 필까
마른 나뭇잎에 새긴 말
사랑한다는 그 말
알아듣는지

가을비 촉촉이 다녀가고 나서
마른 잎들은 나직이 누웠고
떨리는 손끝에 묻어나는
잎 마른 냄새
긴 시간을 넘어왔어도
변함없는 냄새가
그대의 마른 입술인 것 같아

다 저녁
늦은 안부를 동봉하려 하지만
손끝 자꾸만 시려 지려 해

나뭇잎 엽서

그대여
그대, 그리울 때는 어찌합니까
그립지 아니한 것처럼
낙엽 몇 잎에 눈길로만
그립다, 그렇게 쓰십니까

그대여
먼 산언저리 돌아드는
새벽안개에
뭉클거리다 떠나는 그림자 본 후
나, 나뭇잎 되길 소원하며

길 위를 구르다
그대 발그림자에 묻혀
오래도록 쌓았던 속 이야기
붉게, 붉게 풀어내는
그대의 마지막
나뭇잎 엽서가 되고 싶습니다.

빛바랜 추억

벽장 속에 갇혔던
빛바랜 추억들이
노을빛 붉은 산자락에 매달려
아침 이슬을 기다리는데

짧았던 그 해 여름
고백보다 더 진실한 눈길로
좁고도 긴 숲길을 따라
말없이 걸었어도 따뜻했다는 걸
봉선화 빛 물들던 손톱에서 읽었어요

찬란했던 우리의 사랑이
오랜 갈무리로
밤마다 환하게 붉어지는
능소화 속앓이 같다는 걸

자작나무 잎들이
푸르게 흔들리다
계절 앞에 고개 숙이며

제 허물을 벗어 던지듯

수척해진 얼굴로
숲 길 언저리에
오래도록 서성이는 발길이
서럽도록 예쁘다는 걸 이제야 알았어요

그대는
그대는 아셨는지요

별 푸른 밤

새벽하늘을 보다가
또렷한 별 하나와 마주칩니다
싸아한 공기가 가슴을 훑고
커피 물 끓는 소리 들릴 때
왜?
멀리 두고 온 아련한 한 사람이
머릿속을 흔들었는지 모릅니다
별 하나에 기대어
반짝거릴 사랑일 줄 알았는데
언제나 푸른 꿈일 줄 알았는데
경계선도 없이 허물어진 그날들이
바람결에 흐르는 강물 같기도 합니다
봄이 왔다고 화사하게 웃으며
별 하나를 기억할 사람아
아프도록 푸른 봄비 내리면
젖몸살 앓고 난 목련과
벚꽃 하얗게 피었고
진달래 수줍다는 편지를 쓰겠습니다
그리하여 그대여

밤 별들이 푸른 밤마다
내 흰 목덜미에 봄이 감길 때
따뜻한 꿈꾸어 보겠습니다
새벽 별 내 작은 창으로 들고
따뜻한 커피 물은 다시 끓고 있습니다.

당신이 그리워요

보름달 저리 밝은데
어머니
당신의 나라에도
등불 밝힌 듯 보름달 저리 밝으신지요

오늘도 당신의 나라에서
그 파란 청솔가지 태우시고
땀에 젖은 아버지 등짐으로 지고 온
바르르 끓어오르던 싸리나무 태우시는지요

옥양목 하얀 앞치마 두르시고
장독대 정한수에 기도 올릴 때
당신의 지친 어깨 감싸주던
휘영청 보름달이 밝아
청솔가지 싸리나무 태우기 좋으신지요

당신이 그리운 오늘
등불 고이 밝혀
산허리 양지쪽에 가지런히 내려놓지요

가을엔

깊이를 잴 수 없는 강물의 흐름이 맑아지듯
강기슭에 뿌리내린 들국화 맑게 피면
밤별이 눈감는 새벽녘에 어두운 눈 씻어내고
명경같이 맑은 얼굴로 편지를 쓰겠습니다

욕심껏 품어 안았던 그리움 조용히 내려놓고
가을이 풀어내는 향기들 주머니 가득 담아
덜어낸 그리움의 자리마다 채워 넣고
살아서 카랑카랑한 목소리로 편지를 쓰겠습니다

흔들리다 죽어도 좋을 가을볕에
들국화 향기 묻히는 무덤마다
사랑이라는 다 못한 이름 적어 넣고
목마른 영혼보다 차진 언어로 편지를 쓰겠습니다
가을엔 사랑이라고 쓰겠습니다.

가을 안부

붉은 바람은 산 아래로 내려와
단풍잎 점점이 소인을 찍어
텅 빈 가슴에 안부를 건네도
바스락거리는 심장 소리는
하늘빛 푸르름에 기대어
잎맥들이 요동치는 소리 들으며
밤이면 고요한 별빛들이
꼭 그대인 것 같아
자꾸만 그대의 하늘에
안녕을 고하는 밤입니다

박꽃 하얗던 몇 밤이 저물고
사소하게 불어가는 바람에도
힘없이 휘청거리는 걸음이
낙엽을 닮은 것 같아
스산한 흔적들을 감추며
적막으로 가득한 가슴 한편에
말간 새벽이슬로 적시면서
낙엽 쏟아지는 길을 따라

혈서보다 붉은 안부를 전하지만
한없이 슬퍼진 눈빛으로
안녕을 고하는 밤입니다

그대의 뜨락에 피는
국화꽃 노란 노래로
먼 그대를 호명하는 밤입니다.

편지를 쓰는 동안

이른 새벽 조롱조롱한 이슬이
풀잎에 매달려 노래 부르면
엷은 하늘색 편지지에
당신이 너무 보고 싶다고

라일락 향기가 바람결에
그네를 타는 햇빛 고운 오후
핑크빛 편지지에
당신을 사랑해라고

흐르는 구름 따라
비라도 내리면
초록색 편지지에
그리움을 하나 가득 적고

청아한 달빛 받으며
별들의 고운 웃음 와르르 내리면
노란 편지지에
기다림이 길다고 쓸 거야

오늘도 이렇게 당신에게
편지를 쓸 거야

바람 편에 띄우는 편지

풀 냄새 안고 드는 새벽바람
가슴으로 받아들이다
크게 들이쉬는 숨결 따라
가슴으로 들어온 너를 본다
하늘색 닮은 너의 웃음에
생인손 앓이보다 더 아파져
또 다시 편지를 쓴다

새벽 길섶으로 우리 이야기
고운 물안개처럼 풀어 내리며
하루를 열고 싶다고
먼 산 동녘으로 밝은 빛 퍼져 내릴 때
작은 소망 하나씩 하늘에 걸며
그렇게
그렇게 나란히 걷고 싶다고
꼭꼭 눌러쓴 편지
새벽바람에 띄워 보낸다.

허공에 띄우는 사연

수줍어 고개 숙인 나에게
풀꽃 한 아름 전하며
하얀 웃음 남기고 돌아서던 너
봄날 아지랑이처럼 곰실거리며
아직도 가슴 일렁이게 하는 사람아
흐르는 세월 오독하니 살라 먹고
손에 잡힐 듯한 추억 속 그림 한 장
사랑한다는 말조차 전하지 못한 채
가슴속 절절히 묻었던 우리 사랑

봄날 풀피리 만들어 불며
손가락에 끼워주던 풀꽃 반지는
갈색 그리움으로 꿈꾸며 누웠는데
어디에서 이 봄을 기억하는지
하늘빛이 유난히 고왔던 그날
여린 손가락 내밀며 못했던 말
널 무척 좋아해!
널 사랑한다고
널 사랑했었다고
그때의 그림 속에서 고백한다.

제 3 부

그리움과 사랑

빈 계절의 연서

흰 바람벽에 머물다 떠나는
얇아진 빈 계절의 연서는
풀물 머금은 그리움으로
물안개 피는 강가에 서서
들국화 향기도
마른 잎의 향기도
붉게 내려서는 노을빛도
모두 품어 안고 흐르다
적막함이 일어서는
깊어진 밤으로 걷다가
비로소 풀어지는
빛 푸른 강물이 되리니

다시, 흰 바람벽에
빈 계절의 연서가 새어 나가고
물푸레나무보다 더 푸른
문장들이 곱게 새겨지면
촛불의 목마름보다 더 깊은
기도 같은 고요의 깊이가 되리니

너에게로 가는 길

무심한 날들을 접어둔 채
너에게로 가는 이 길이
너무나 아름다워서
벚나무 그늘을 지날 때는
자주 눈물 글썽거렸지
하얗게 지는 벚꽃잎 아래서
화려하지 못한 날들이지만
잊지 못함이 너무 컸던 내
그리움도 하얗게 날렸지
앞을 가로막던 보리밭 앞에서
지난날들의 아픈 추억이
날 세운 잎들보다 상처가 깊다는 걸
지나온 길 위서 들었지
밤마다 울어가던 소쩍새 흔적은
노란 민들레 눈가에 맺혀있고
뿌리로부터 키워낸 그리움은
하얀 꿈으로 날아오른다는 걸 들었지
따스한 봄날
너에게로 가는 길은

빛났던 지난날들이었고
간절한 안부 진실로 전하고 싶던
그날들이 하얗게 번지는 길이었지

가을 기도

가을에는
풍성한 들녘으로 나가
굽어지는 등으로 무릎 꿇게 하시고
겸손한 자세로
감사의 기도 올리게 하소서

새벽이 들어서는 골짜기에 서서
샘물이 솟는 말간 소리 같이
천상의 목소리로 노래하게 하시고
듣는 이로 하여 진정으로 눈물짓게 하소서

들국화 홀로 핀 언덕에 나가
파란 하늘 머리에 이고 춤추게 하시고
천 년의 학을 품은 가슴으로
풀어내는 춤사위에 죽은 듯 눕게 하소서

오늘과 내일을 위하여
조용히 눈 감고
기쁨으로 충만한 가을볕에 기대어
사랑하게 하시고
아픔보다 기쁨으로 목마르게 하소서

내 귀한 나무 한 그루

나의 나무야
새벽이슬에 맺혀 잠든
이 고운 눈빛이

네 흔적이었더냐
달콤한 새벽길을 따라
귀 기울여 들어보면
능소화 향기 수런거리고
팔월의 빛은
더욱 푸르게 성숙하는데

여리디여린 나의 나무야
작열하는 저 태양을
네 작고 고운 가슴에 담아
통째로 삼켜보아라
불을 삼키고 지나간 네 생을 삼켜
가만히 숙성시켜 보아라

조용히 뿌리 내리는 소리 들리면

새로운 너의 세상을 향해
두 날개를 펴고 힘껏 날아오를
용광로 같은 뜨거운 힘이 되리니

어둠 속 밤 별들이 내려와
네 어깨에 내려앉거든
눈 감고 그네들의 노랫소리 들어보렴
지친 육신을 깨울 샘물이 되리니

나의 나무야
그 찬란한 푸른빛으로
가지마다 영롱한 꿈을 매달고
아름다운 세상을 향해 노래를 불러라
땅속 깊은 곳으로 네 노랫소리 흐르고
하늘 가득 메아리치도록!

물푸레나무 숲에 서다

창가에 매달리는
가을 햇살을 잡고
그리운 것들끼리 모여 사는
물푸레나무 숲으로 갔지요
세월의 흔적이 베여나기 시작하는
물푸레나무 숲에서
눈을 높이 들어 경배하며
걸어온 발자국마다
얼룩진 흔적을 지웠지요
등 뒤로 살아나는 그 숲에서면
바스락거리는 빈 가슴은 숨이 멎고
한 차례 붉은 바람이 건너는 동안
푸르던 그들만의 생애가
붉은 음으로 흐느끼다
여백처럼 잠들어 가는
그 숲으로 갔지요
오래된 내 상처 묻히다 잠들어도 좋을
물푸레나무 숲으로 갔지요

숲은 돌아누워 우는데

그리움이 매달려 울다 떠난
텅 빈 숲으로 갔지요
이별 없는 사랑을 하리라 다짐하던
푸르렀던 사랑이 가슴께로 휘감겨 들면
서로의 등을 껴안고 눕는 숲으로 갔지요

걸어간 세월의 그림자들만
흔적 없이 와글거리는데
쪼그려 앉은 등 뒤로
하얗게 달려와 안기는
향기는 왜 이리 서러운지요

부풀어 오르다 터지는 그리움 따라
저녁별 하나 떨어지면
숲들도 한 곳으로 돌아누워
울기 시작하는데요
젖어드는 메아리 소리는 어찌하나요

사소하지만 그리운

사소한 일상의 오늘이 어제처럼 저물어 든다
봄이었던가 싶더니 초여름의 푸른 물이 산허리 가득하다
잊었던 기억들이 성성하게 치솟는 풀들처럼
한 자씩 번져 오를 때면
아득한 그대의 풍경에도 노을빛 곱게 걸리겠지
진실로 사랑한 사람의 배경에는
초여름의 푸른 물 오르고 노을 아득히 들 것이다

아름답던 계절이 다시 돌아와 번득이는데
사소한 일상에서도 자주 몸살을 앓는다
봄 가뭄처럼 자꾸만 갈라지는 가슴 한 쪽에
흙 비린내 가득 들어차는 소나기 한 차례 지나간 저녁이면
푸르게 빛났던 별들에서 기억 속 웃음소리 들리겠지
그리운 첫사랑의 풍경처럼
초여름의 푸른 물 오르고 노을 아득히 들 것이다.

잃어버린 우리의 2월

흑백 사진 속으로 사라진
우리들의 2월은
가슴 시리도록 찬비 내렸고
새벽 열차로 떠난 발자국 따라
눈 덮인 산길은 저 홀로 울었지

뻐꾸기 사랑을 부르고
진달래 연분홍 꽃등 밝히고
바람에 겨운 복사꽃 흔들리면
우리들의 2월은
눈 녹은 산길에서 저 홀로 울었지

아는가
나의 그대는
눈이 쌓이다 녹았던 세월을
그 먼 2월의 노래를
산 능선 돌아 오르던
우리들의 2월이 저 홀로 울었던 까닭을

가을 끝자락에서

자작나무 잎들이 내려앉는 뜨락에
어디서 날아와 몸을 풀었는지
보랏빛 들국화 가만히 아침을 열면
아직도 낯붉힐 일 남았는지
붉게 번져 오르다 잦아드는
목 언저리가 간지럽다

너의 세월에 경배한다기보다는
나의 세월을 더 단단히 여미는
베고 누운 가을 언저리가 쓸쓸하고
까닭 없이 눈시울 시큰거리면
그래 그렇게 낙엽처럼 가만히 엎드려
참으로 오랫동안 울어 볼 일이었다

하늘 밑 이리도
아름다운 계절에
여전히 인사 한 번 건네지 못한
아름다운 사랑을 위하여
이 가을 끝자락에 서서
마른 나뭇잎 향기 같은 인사를 남긴다.

바람 앞에 이르는 말

달빛 아른아른 기울다가
자작나무 숲으로 숨어드는 밤
바람은 품어온 사연을 풀어 놓고
자작자작 누르며 이르는 말
곧 봄이다
울타리 밑동으로 연둣빛 돋는
따스운 봄이다
졸음 한나절이 되는 봄이다

뒤숭숭한 꿈을 꾸고 난 후
산기슭 어디쯤인가
산비둘기 울음소리 들리던
먼 기억마저 살가우면
그리운 옛집으로 돌아가
뒤란으로 돌아드는 그리운 목소리
하마 당신인가 하여
눈물 가득 고이는 봄이다

바람 앞에 잘게 부서지는 햇살 받으며

목련의 간지러운 등 결에
밤마다 등불 환하게 걸어 두는
봄바람 불어가는 어느 날에

가을 그 서러움

그대가 네게로 들어설 때는
소리 없이 스며들던
노을빛 붉은 바람이었고
하얗게 드러난 목덜미에
낮달의 슬픈 사연이
새벽이슬처럼 내려앉을 때는
가을비인가 하여
자작나무 울음소릴 기다렸는데

점점 야위어가는 산자락으로
첫사랑의 숨소리 들릴 듯하여
하늘빛 맑은 날은 애증의 몸짓으로
세월이 수놓은 나뭇잎 한 잎처럼
서러운 가을날을 태워 가는데
낮달이여
밤별이여
이 서러운 가을날이여

국화꽃 노랗게 웃어도
억새의 은빛 낮게 흔들려도
그저 서러운 가을날이여

수선화의 꿈

겨울이 빠져나간 긴 골목으로
새벽 풍경이 푸르게 들어서내요
손바닥만 한 자투리땅에
노란 수선화 몇 송이 심어두고
밤마다 별들의 은총이
총총히 박히길 기도할래요
환하게 일어서는 풍경은
낮잠보다 더 달콤한 속삭임으로
노란 꽃송이를 매달아요
커피 잔을 잡은 손등으로 내려앉는
따사로운 햇살의 고백이 어여뻐요
수줍게 펄럭이는 꽃무늬 커튼 뒤로
길, 고양이 문양이 고집스레 찍혀요
뻐근하게 차오르다
말갛게 내딛는 그림자 소리
겨울이 빠져나간 긴 골목으로
등 따사로운 그림자 하나
두근거리는 심장에
노란 수선화 심고 있네요

따뜻한 그리움

차마 다 삭히지 못한 세월의 무게가
식어가는 커피 잔에서 흔들릴 때마다
또 다른 멍울로 돌아와 앉는
먼 그리움이 참으로 따뜻하게도
시린 손끝에서 만지작거려지고
향긋하게 우려낸 말씀들이
어느 가슴으로 돌아가 머무는 동안
바람에 겨워 울던 은사시나무 잎처럼
내 컴컴한 등줄기에도 겨운 등불 하나 밝혀지네

두 손을 모으며 올리던 기도발이 생긴 것인지
손톱 끝에 머무는 봉선화 물처럼
빨갛게 달아오른 언어가 귓전에 머무는 저녁
은하수를 건너오는 밤 별들처럼
첫눈은 하얗게 시린 가슴을 덮어 주었고
한 떨기 장미처럼 수줍은 미소가
산자락이 물어다 놓는 어둠 속으로 자꾸만 피어올랐네

내 작은 영토에도

밤 별들의 귀걸이가
은방울 소리를 내며 흐르는 동안
밤의 푸른 나뭇잎들은
바람이 남기고 간
간지러운 낱말들을 삼키며
한 뼘씩 영토를 키우는데
나의 작은 영토에는
여름날이 푸르러 오르도록
패랭이꽃 한 포기 키우지 못했는지

달빛 으스러지도록
제 그림자 밟으며 걷는 동안
전설을 읽어내던 밤이 깊어지자
박꽃들은 더욱 청초하게 피어나
제 씨방을 키우는데
마른 풀잎들의 언어가 깊어지는
숲으로 난 오솔길 어디쯤
보랏빛 들국화 수줍게 피어나면
초라한 나의 영토에도
화한 향기 둥글게 돋아나겠지요

아름다운 고백

가끔 창 너머 불어가던
바람의 무게가 가볍고
가슴은 봄의 언저리에서
젖은 잎맥처럼 푸르게 꿈틀거립니다

화려했던 우리들의 날들은
저물녘 강물에 흐르던 노을빛같이
찬찬히 흐르다 사라져 갔고
별빛같이 흩어져 내리던 말 못한 고백은
아직도 아픈 상처로 남아돕니다

이제
달싹거리던 입술 열어
바람의 결을 따라 고백하리니
내 아름다운 고백을 들어주소서
메말랐던 가슴에 봄비 스미듯
그대 향해 풀어지는 고백을 들어주소서

참으로 향기롭고

안개꽃 같았던 내 순수의 고백을
봄날 환하게 자지러지는 꽃등처럼
둥그러진 붉은 그리움으로 고백 합니다.

그리움은 꿈처럼

홀로 선 골목 어귀에서
발 저린 기다림이 길어질 때
좁은 골목의 바람들도
서로 어루만지며 비켜 가는데

참아 넘기던 그리운 날들이
당신 향한 꿈으로 얼룩지고
보고 싶음이 별들만큼이나
밤을 밝히다 사라지곤 합니다

오롯이 남은 당신의 향기가
그 옛날 초가집 한 편에 무성하던
앵두 빛처럼 붉게 반짝이다
풋사과처럼 새콤하게 살을 파고드는데
어디에도 당신의 흔적은 없습니다

어머니
오늘 밤 제 꿈속에서 아지랑이처럼
곱게 웃으시다 가신다면

긴 밤 별들이 다 지도록
한참을 목 놓아 울어도 보고
따뜻하던 당신의 가슴을 안아보며
폐부 깊숙이 숨겼던 말들을
꽃인 듯 당신 품에 피워도 보겠습니다

너무도 그리운 어머니!

그리움 번지는 저녁

빗소리 들리는 저녁
벽 쪽으로 가만 귀 기울여 보면
미루나무 이파리 밤새 흔들렸고
길옆 찔레꽃 하얀 웃음 따라
가슴 한 켜 키웠던 것처럼
벽 속은 축축하게 번지고 있었지

창문 열고 눈 감으면
우산 없이 걷던 어린 소녀의
속상함이 방울방울 굴렸고
까만 고무신 한없이 미끄러져
비 오는 흙길 맨발로 걷고 있었지

삶이 버거워
빗소리 다 알아듣지 못한다 해도
더러는 하늘을 쳐다볼 일이지
빗소리 하나에도 삶이 자라고
창문 밖 서성이는 바람에도
그리움 번지는 길 따라
사랑이 어른거리는 까닭이지

그 쓸쓸한 날들

보셨는지요
무거운 눈언저리에 내리는
가을비의 흐름이 간지러운데
그토록 애절하던 귀뚜라미 울음은
새벽 강물에 눈을 씻고
별들의 뒤를 따라 떠났지요

떨리는 세월이었어요
목줄기에 걸려 세상 밖에 내놓지 못한 말
사랑한다는
아프게 참아 삼킨 말에도
노을빛 곱게 물들어
창가에 매달리는 바람 같았지요

우리들의 푸른 날이었어요
옥수수 알처럼 가지런하던 웃음도
떨리므로 헛디디던 발등도
낙엽 타는 연기에
시 한 줄 던져 넣고 눈물짓던

그 쓸쓸한 날들도
결 곱던 우리들의 푸른 날 들이었지요

콧날에 싸아하게 머무는
쓸쓸한 세월이었지요

언제였던가

안개비 가득 물고
아슴아슴 밀려드는 생각
흘러 버린 빗물같이
그리움으로 넘쳐나던

물잠자리 날개 접어
떨림으로 건네던 손길에
오래오래 머물기를
간절한 기도로 바랬었던

땀 냄새 흠뻑 젖은
네 등 빛 푸르러
몰래몰래 눈물짓고 싶었던 그때가
언제였던가

개망초 흐드러진 언덕
뱀딸기 절로 농익어 내리고
마주 보던 눈길에
노을빛 붉게 물들었던 때가

새벽을 열며

초연하게
일어서는 새벽
풀잎 눈뜨는 소리
내딛던 발길 멈추고
가다듬은 고른 숨결로
나직이 엎드려 보려네

새벽 강물에 하루를 건져 올리던
내 어머니 앞치마 냄새
아릿한 청솔가지 타들던 냄새
먼 고향을 돌아온 흔적에
목마른 사슴같이
시린 새벽 고요를 마시려네

포근한 음성으로
정갈하게 열어놓은 새벽
간지러운 손등으로
하루를 감싸 안고
밤마다 꿈꾸는 별이 되려네
그, 새벽에 떨어질 꽃이 되려네

꿈길

새벽안개 짙던 날
밤길은 더욱 환했네
앞서가신 발자국 선명하여
납작 엎드린 사슴 등 같았네
언젠가
나도 저 길 갈 때
밤길 환하여
사슴 등에 내려앉을 별이 될까

무던히도 하늘빛 푸른 날
꽃잎 와르르 쏟아 저
하얀 무덤 만들면
저 홀로 곰삭은 그리움은
꽃 무덤처럼 둥글었는데
별을 품은 가슴도 사랑이었을까
아득히 먼 길이었을까?

제 **4** 부

그리움과 추억

기억하자 사람아

새벽이슬 가만히 스쳐 지나는
바람의 길 따라 걷다 보면
봄날 풍경도 찬찬히 일어나
햇살 간지러움이 싫지 않다
봄날 환하여 더욱 그리워
보고 싶은 사람아

사월이 지나가고
오월이 돌아오면 우리의 기억은
푸르게 흔들리는 보리밭 가로지르고
소쩍새 우는 밤도 기억하겠지
살아가는 일이 그렇다 하면서
푸르렀던 기억에 뿌리를 두자

찔레꽃 하얗게 피어나면
내사 고향의 푸른 언덕으로 돌아가
풀냄새 화하던 네 기억으로
더 화사하게 피어도 보겠다
그리운 사람아!

그리운 기억

기억마다 고즈넉한 그리움
가난한 가슴 줄기 쓰다듬어
저무는 산그늘에 먼 눈길일 때
아슴아슴 넘어오는 별빛으로
그대 위하여 두 손 모아보면
참으로 숨찬 눈길로 내달리는
그리운 사랑이었을까
물안개 자욱한 풍경처럼
시린 가슴에도 서리는 안개 속에
흐릿하게 남아도는 그림자 있어
어느 겨울 나란히 걷던 밤 같아
마른 목으로 잔기침만 내뱉는다

오래된 기억 하나에 목마르고
오래된 사랑 하나에 쓸쓸함이
시린 걸음으로 긴 골목 끝에서
참으로 오랫동안 머물다 떠났다
낮달은 마른 가지에 걸리고
그리운 기억들도 따라 걸린다

다시 새벽안개 잦아들고
가난한 가슴에 봄 돌아오면
향긋한 봄꽃 서너 묶음
햇살 걸린 창가에 두어야겠다.

하얀 추억

만삭으로 부풀어 오르던
가을의 흔적 오롯이 남았는데
낙엽 한 잎에 안부 찍던 날이
언제였나 싶습니다

겨울을 가슴에 안고도
철없는 소녀의 미련같이
하늘 어둑한 오늘에야
앙상한 가지 끝에
눈길이 머뭅니다

푸르게 무성하던 소문들처럼
성성하던 풀숲도 마른 눈으로 잠들고
자작나무 숲길도 깊은 숨소리로
고요만 끓어 안은 적막입니다

문득 무겁지 못한 생각들이
처마 밑 새떼같이 찾아들 때
겨울 저녁은 바람을 앞세우고

호롱불 같은 그리운 추억을
명치끝으로 더듬게 합니다

첫눈 내린 뽀얀 길 위에
꽃문양을 찍던 발끝 아림은
잊지 못하는 첫사랑 같은데

그리운 사람

너무 쉽게 말할 수 없는
입안에만 머무는
그리운 한 사람 있습니다

만남도 아지랑이 속같이
아른거리다 마는
보고 싶은 사람 있습니다

겨울 지나 봄으로 가는 길에서
파릇한 웃음 건네고 싶은
그리운 사람 있습니다

보고픔이 부풀어
막 눈 뜨려는 꽃봉오리 같은
붉은 입술이 달싹거리는

그리운 사람에게로
봄 편지 한 장 전하고픈
그리운 사람 있습니다.

기다림의 향기

이 겨울 누가 내게로 돌아와
따스운 두 손으로
내 싸늘한 이마를 짚으며
이슬 내리는 새벽을 알릴까요

그래요, 그리움은
새벽마다 내게로 돌아와
이슬 같은 흰 손으로
내 야윈 이마를 짚어주겠지요

잊었던 옛 노래처럼
아무렇지도 않은 그리움만
깊은 새벽길 달려와
내 쓸쓸한 이마를 짚어 주겠지요

싸늘하게 식은 찻잔 속에
외롭게 어리는 그림자만
그리움의 길을 따라 점점 길어지네요
기다림의 향기는 점점 깊어지는데

내 소중한 사랑아!

잡히지 않는 그리움 부여잡고
오늘도 진달래 무덤 옆 서성이다
작은 돌탑만 쌓고 있구나
내 소중한 사랑아
가늘어지는 봄날
비라도 내리면 난 어떡하니

민들레 까치발 딛는 소리에
널 향한 그리움은
창문을 넘어서는데
어느 것 하나 소홀히 할까
내 소중한 사랑인 것을

사랑아!
내 소중한 사랑아!
너의 기침 소리 들릴 때까지
하얗게 피울 찔레꽃 그늘에 들어
나 이제 잠으로 들려 한단다.

너에게 가는 길

너에게 가는 오솔길에
패랭이꽃 소담스레 꺾어 들고
솔바람 가슴 가득 맞으며
구비를 돌고 돌아 그렇게 가려고 해
너무 빨리 달아나는 차로는 가기가 싫어
천천히 걷고 걸어 그렇게 갈 거야

오솔길 걷다 목이 마르면
옹달샘에 엎드려 물 한 모금 마시고
배고플 리 없겠지만 그래도 고프면
머루랑 다래 따 먹으며 가야지
파란 하늘도 뭉게구름 둥실 띄워
가는 길 외롭지 않게 도와 줄 거야

너에게 가는 오솔길 따라
곱게 피어난 들꽃 향기 맡으며
먼 추억 눈앞에 피어날 때
저만치 기다리고선 그림자 하나에
이 길은 외롭지 않을 거야

꽃그늘에서

봉인된 채 열리지 않은
빛바랜 연서들을 읽고 싶어
시리도록 파란 물에
새벽이슬 말갛게 머물다간
그 파란 물에
어두운 두 눈을 씻고
생에 얼룩지는 그리움과
먹먹하게 숨겨둔 추억과
사랑에 심지 돋우던
눈부심 같던 목소리 듣고 싶어
달빛 잠긴 강물에 엎드려
두 귀를 씻으며
더러는
그리움의 거리를
모르는 척 돌아앉지만
계절을 읽어버린 탓에
햇살 머무는 쪽으로
한 줌씩 속마음 풀어놓고
핑계 같은 그리움으로

또 한 번 꽃가지 흔들어
피는 대로 피어보고 싶은
꽃그늘에서
꽃그늘에서

그대 그리우면

그대 그리우면
나는 떠난다
여름은 익어 만삭이고
나는 그리움이 만삭이다.
뒤뚱거리는 걸음으로
물빛 푸른 바다에 오르다
조가비 껍질 같은
나를 줍고 너를 줍다가
내일도 그리우면 다시 떠나
만삭의 그리움
바다에 풀어놓고
통곡 이여도
머금은 미소여도 좋겠다
허허로운 가슴 가득
바닷바람 채워넣을
저 바다가 좋아
나는 떠난다
나를 내려놓고 너를 내려놓고
나를 줍고 너를 줍고

고향에도 봄은 오겠지

지금쯤 그곳에도 봄이 오겠지
앞산 중턱쯤 진달래 봉오리 지고
언덕마다 아지랑이 하늘거리던 곳
내 어릴 적 고향에도 봄이 오겠지

황소의 거친 숨소리로
앞 밭 갈아엎어 땅을 일으켜 세우던 곳
아버지는 한 해의 희망이 뿌려지고
아이들 웃음소리 집안을 꽉 채웠었지

지금쯤 그곳에도
아니 나의 고향에도 봄은 오겠지
겨울잠 자던 꽃씨들 봄바람에 깨우고
아늑한 품속에 묻어주며 기다리던 곳

밭이랑 따라 감자씨 꼭꼭 묻어주며
그렇게 봄이 오던 곳
나는 여기쯤에서 그리워만 하는데
오늘도 고향의 봄은 한 발짝 더 들어서겠지

코스모스

깊어진 바람의 욕정으로
하늘은 더 푸르게 물드는 사연과
그대 눈물샘이 커지는 동안
내 가슴은 싸아하게 멍울 진다는 걸
그대는 모릅니다

가늘어진 허리 운명에 맡긴 채
절로 눈망울 커지는 새벽이면
나, 별을 품은 가슴으로
그리움 가득 다문 그대 입술에
차마 한숨 한 줄기 걸지 못함도
그대는 모릅니다

달빛 더 푸르러지면
그대는 밤하늘 별이 되고
나는 굳어진 땅 위에 흙으로 남아
또 한세월 사랑하며 걸어가야 함을
그대는
그대는 정녕 알지 못합니다.

겨울 나목에 기대며

혹독한 세월을 견디신
당신 등에 가만히 기대어 보던 날
뿌리로 전해지는 단단한 말씀들이
뜨겁게 흐른다는 걸 알았어요

지난가을 붉게 흔들리던 사연들이
고요한 잠으로 들 수 있다는 것과
모진 추위 속에서도
잔가지들은 흔들리며 웃는다는 것을
가만히 귀 기울여 들었어요

작은 상처에도 욱신거리던
얇은 엄살이 부끄러
까맣게 그을린 당신 등에 기대어
조용히 고개 숙여 듣기만 해요

오늘
당신의 뜨거운 심장 소리 들으며
메마른 내 가슴 줄기가 간지럽고

봄날 새싹이 돋을 때처럼
자꾸만 내 등이 간지러워져요

마른 꽃 무덤 옆에서

국화꽃 화한 향기에
붉은 얼굴 묻어놓고
앞서 떠나신 가을이여
아직도 철없이 피는
노란 국화꽃 옆에서
밤 별들의 영롱한 꿈 머금고
집히지 않는 가녀린 숨결로
하룻밤 보석처럼 반짝여 보고 싶네

마른 풀 무덤에
가벼이 몸 누인 구절초같이
발끝 하얗게 내려앉는
찬 서리들의 사연같이
생손앓이보다 더 지독할
저기 찬 계절의 문 앞에서
가엾이 잠든 꽃 무덤 껴안고
나도 꽃인 듯 피었다
화하게 지고 싶네!

사랑의 계절

들꽃 지고
마른 나뭇잎 골목으로 숨어들면
어둠 더욱 깊어질 하늘가에
푸르디푸른 별빛 높기만 할 태지만
한 계절과 이별한 가슴은 스산하여
뜨겁게 사랑하지 못함이
뜨겁게 살아내지 못함이
찬 서리 딛고선 발끝처럼
내내 목 울림으로 넘어 들고
가슴 벅차게 하던 시간과
내 말들을 빛나게 했던 날들이
아득히 저물어가는 언덕을 지날 때
갈대들의 하얀 언어들 앞에서
훌훌 벗어던진 나뭇가지들의 춤사위같이
등불 여럿 밝혀 들고
숨차게 넘어오는 또 다른 계절을 반기며
무릎 꿇은 등으로
뜨거운 가슴으로 사랑하고 싶다
숨소리 죽인 기도로 사랑하고 싶다.

아득히 먼 그 집에는

사춘기 시절 떠나온 아득한 그 집
밤새 빗줄기 거칠게 지나간 그 집에는
나직한 목소리 대청마루 지나
곤히 잠든 문지방을 넘었는데

앞마당 풀들은 제 세상 만난 듯
꼿꼿하게 고개 치켜들었던
넓은 마당을 걸어
풋사과 가득하던 그 나무 아래
제 그림자 감추고 가지런히 누웠던

광목 치맛자락 끄는 소리
지금도 귓전을 돌아들고
장맛비 그친 이 저녁
흑백 영화 속 주인공처럼
아득히 먼 그 집 앞에 서성거리는데

눈물보다 먼저 달려 나와
목 줄기에 걸리는 새벽이슬이여

아득히 먼 그 집에는

지금도

낯선 그림자 오고 가는가?

일관된 그리움의 미학

이 동 백 (시인)

1

시에도 퍼스낼리티(personality)가 존재한다. 백석 시나 정지용 시를 놓고 누구의 작품인가를 가늠하는 일은 그리 어려운 일이 아니다. 이처럼 대가의 작품만이 아니라도, 함께 동인 활동을 하는 사이라면 동인들의 작품을 대하였을 때 금방 그 작품을 쓴 이를 가려낼 수 있다. 이는 곧 시에도 지문 못지않은 퍼스낼리티가 있다는 증거이다. 이것은 오랜 시작(詩作) 과정을 통해서 형성된 것인데, 흔히 작가의 문학적 경향으로 설명하고 있다. 이 문학적 경향은 작가의 인생관, 문학관에 따라 다르게 나타나지만 여기서 그치는 것은 아니다. 이것은 생태적 환경, 공부와 감성의 깊이, 정서적 경향뿐만 아니라 사회적 분위기까지 작용하여 형성된다.

2007년 등단 이후 시인 정기모가 발표한 작품들에서 우선 느껴지는 것이 일관되게 밀고 나가는 시적 경향이다. 이것은 그리움의 정서에 집중한다는 점이다. 일상의 소소

한 삶에서 촉발된 그리움을 결코 크지 않는 목소리로 읊어내고 있다. 낮은 목소리에 담은 그리움의 정서는 독자의 가슴을 촉촉하게 적셔준다. 시는 사자후를 터트리는 웅변이 아니지만 웅변보다 큰 감동으로 사람의 영혼을 잡아끌 수도 있고, 사회를 변혁시킬 수도 있는 것이다. 이것이 시의 힘이다. 나지막하지만 정체성이 돋보이는 정기모의 시를 읽으면서 시의 힘을 생각했다.

앞에서도 언급했지만 정기모의 시에는 일관되게 작용하는 정서는 그리움이다. 시집『빈 계절의 연서』를 4부로 나누고 있는데, 그 표제에 '그리움'을 내세운 것을 보아도 이를 확인할 수 있다. 그녀는 시를 그리움의 표현이라고 믿는 것 같다. 그녀의 그리움은 풍경, 편지, 사랑, 추억과 조응(照應)되면서 그녀 나름의 정서를 표현해 내고 있다. 이것은 그리움의 미학으로 나타나고 있다. 편의상 그리움에 조응하는 풍경, 편지, 사랑, 추억을 따라가며 그 실체를 추적해 보기로 한다.

2

'풍경'은 시의 공간적, 시간적 이미지를 이룬다. 정기모는 이 풍경을 통해 그리움을 환기하기도 하고, 그리움 때문에 감당해야 할 마음의 응어리를 풀어내기도 한다.

바람 편에 보낸
당신의 향기 받아 안았습니다

하얗게 부풀어 오른 당신의 향기에
올해도 안심하며 기쁨으로 눈물짓습니다

한 사나흘 지나고서
당신의 그늘에 들어
오랫동안 전하지 못한 사연들을
한참이나 풀어 볼 요량입니다

 -중략-

나는 당신의 그늘에 들어
먼 기억들을 고이 접고
당신이 남기신 향기를 접어
고이 날려나 보겠습니다.   -「벚꽃 그늘에 들어」의 일부

  시적 화자는 벚꽃 향기를 '당신의 향기'로 치환해서 수
용한다. 그래서 이 향기는 다분히 심리적이다. '당신'은 현
재로서는 부재(不在)하는 임이다. 때문에 '당신[임]의 향
기'는 '바람'이 매신저가 되어 전해준 것에 불과하다. 그러
나 시적 화자는 그 향기로 임의 사랑을 확인할 수 있어 '안
심'의 기쁜 '눈물'을 흘린다. 자기 위안이어서 이 또한 심리
적이다. 이로써 그리움은 오히려 증폭된다. 증폭된 그리움
때문에 시적 화자는 '당신의 그늘'에 들어 '먼 기억'과 '당
신이 남긴 향기'를 접어 날려 보내려 한다. 이것은 임에 대
한 시적 화자의 사랑이 적극성을 띠고 있음을 말해 주고
있다.

여기서 또 살피고 갈 것은 '당신의 향기'와 '당신의 그늘'이 실제적으로는 '벚꽃 향기'이고 '벚나무 그늘'이라는 점이다. 은근한 비유가 묘한 울림을 시에 담아내고 있다. 즉 풍경이 보조 관념으로 쓰이고 있다. 시는 직접 말하지 않고 에둘러 말할 때 매력을 지닌다. 이런 시가 그렇다.

하모니카 소리 따라 아련한
추억과 기억들이 멈춰진 그곳에
별들이 버리고 떠난
한 잎의 나뭇잎처럼 흔들리던
미처 떠나보내지 못한
그리움의 이름이 머무는
자그마한 우체국엘 가고 싶어요

연필만 만지작거리던 손이 떨려
이제 여름이 떠나네요
새벽바람 편에 보내주신
가을 향기는 잘 받았다고
보랏빛 꽃향기만 가득 봉인한
그리움의 편지를 들고
자그마한 우체국엘 가고 싶어요
가을을 닮았던 그 우체국엘 가고 싶어요
　　　　　　　　　　　　　－「가을 우체국」일부

환청으로 들은 '하모니카 소리'가 '추억'과 '기억'을 멈추게 한 곳에 선 '우체국'으로 시적 화자는 가고 싶어 한다.

정황으로 보아 '우체국'은 그리움이 가득한, 먼 과거 속의 공간이다. 둘째 연의 시상 전개는 「벚꽃 그늘에 들어」와 비슷하다. 바람 편에 '가을 향기'를 받고 '그리움'의 답장을 들고 '우체국'에 가고 싶다는 희망 사항을 피력하고 있다. 가고 싶을 따름이지 실제로는 갈 수 없는 '우체국'이다. 그것은 '추억과 기억' 속의 '우체국'이기 때문이다. 더욱이 '가을을 닮은 우체국'이다. 가을의 원형적 상징은 고독이고 소멸이다. 그리하여 시적 화자가 품은 그리움은 쓸쓸하고 처량하다. 그러나 시인은 그런 심정을 시간적 이미지인 '가을'에 실어 전할 뿐, 직접 토로하지 않음으로써 절제의 미를 지켜내고 있다.

두근거리는 심장 소리 누르며
가만히 돌아눕는
물 속 자맥질한 단풍잎들도
가슴 한 쪽에 그리움 품는데

아,
이 뼈아픈 풍경들 앞에서
걸음 멈추고 눈 감고 맙니다

이 계절의 신들이여
하얗게 눈 내리는 날
내 첫사랑 보는 듯
뜨거운 걸음 다시 옮기게 하소서 ―「겨울로 가는 풍경」

멀리 두고 온 것들에 대한 죄스러움이
돌담을 따라 길어지는 그림자 같은데
물안개 피워 올릴 새벽녘 강가로 나가
거슬러 오르는 은빛 연어 떼처럼
그리움의 거리를 가로질러보아도
그대는 왜
따뜻한 풍경으로 서성거리는지
왜 손끝 떨림으로 와 닿는지   ―「그대의 풍경처럼」

「겨울로 가는 풍경」이 시적 화자의 '풍경'을 실토하고 있
다면,「그대의 풍경처럼」은 제목 그대로 '그대'의 풍경을 읊
고 있다. 한때는 푸르게 무성했던 '단풍잎'이 죽음을 맞는
순간에도 그리움을 버리지 못하는 상황을 '뼈아픈 풍경'으
로 해석하는 전자의 시에 반하여, 후자의 경우는 새벽 강
을 거슬러 오르는 '연어 떼'처럼 '그리움의 거리'를 가로지
르는 시적 화자에 비해 왜 '그대'는 '따뜻한 풍경으로 서성
거리는지' 반문하고 있다. 시적 화자의 '뼈아픈 풍경'과 '그
대'의 '따뜻한 풍경'이 묘하게 대조를 이룬다.
　　첫사랑을 잃어버린 시적 화자의 처지이니 뼈아플 수밖
에 없는 노릇이지만, 그리움만 주고 떠난 '그대'는 시적 화
자와는 전혀 다른 삶의 길을 걸어가고 있는 상황이다. 그
래서 시적 화자의 눈에 '그대'는 '따뜻한 풍경'으로 서성거
리는 것으로 보이는 것이다. 그런데 이와 같은 일련의 사
태는, 시적 화자가 내적으로 짐작한 세계라서 아이러니하
게 다가온다.

3

　'편지'는 상대방과 소통하는 수단이다. 그 소통이 때로는 은밀하게 이루어지지만, 속마음을 가장 솔직하게 드러낼 수 있다. 그래서 시인은 편지를 '자작나무 흔들림 같은' 시각적 이미지로 파악한 것이다. 편지는 또한 대면해서 못할 사연을 숨김없이 쏟아 놓을 수도 있다. 그러나 편지는 일방적일 수 있는 한계도 지니고 있다.

숨어 필 들국화와
하늘가에 맴돌 구름과
심장 소리 숨긴 별들같이
둥그러진 달빛에 기대어
가난한 마음 열었는데
그렁그렁한 고백이
백지 위에 뚝 떨어지면
보고 싶지 않았다고
그립지 않았다고
아프지 않았다고
가난하여
내 마음 너무 가난하여
단풍잎 같은 조막손으로
눈부셨던 시간만 당겨씁니다.

흘러버린 시간이
부질없다 하면서도

물기 마른 등줄기에 내려앉는
찬란한 바람의 노래는
단단히 닫지 못한 가슴에
그리운 집 채 짓는 일인데
그리운 사람아
말간 눈으로 새벽을 열 때
내 곁에 돌아와 앉는 이슬에
가슴 한 쪽 베였다고
그렇게만 씁니다. –「너무 가난한 편지」전문

임과의 이별로 말미암아 '시간'은 부질없이 흘러가고 말았지만, 아직은 '그리운 사람'으로 가슴에 남아 있어 편지를 쓴다. 결국 사랑이 허물어진 상태에서 쓰는 편지이다. 그기에 '너무 가난한 편지'일 수밖에 없다.

사랑이 용납되지 않은 암담한 상황에서 쓰는 편지라서 새벽에 내린 '이슬에 가슴 한 쪽 베였다'고 고백하고 있다. 여기서 '이슬'은 시적 화자를 절망적 상황으로 몰아가는 객관적 상관물이다. 절망적 상황과 연관된 것은 이외에도 '숨어 필 들국화와/ 하늘가에 맴돌 구름과/ 심장 소리 숨긴 별들'이 있다. '들국화', '구름', '별들'은 잃어버린 사랑으로 아파하는 시적 화자를 가리키는 것임을 암시적으로 알 수 있는데, 이것들은 시적 화자의 감정이 이입된 객관적 상관물이기도 하다.

이러함에도 불구하고 편지를 쓰는 까닭은 가버린 사랑이 아직은 '그리운 사람'으로 남아 있기 때문이다. 그기에 시적 화자는 '그립지 않았다고/ 아프지 않았다고' 시치

미를 떼며 '눈부셨던 시간만을 기억하여 편지를 쓴다고 토로하고 있다. 여기서 주목할 것은 '그립지 않았다고/ 아프지 않았다고' 시적 화자가 시치미를 뗀 부분이다. 대상이 아직은 '그리운 사람'이기에 그립고, 헤어져 그리워만 하는 까닭에 마음이 아픈 것은 당연한 일이다. 시적 화자는 이런 자신의 마음을 뒤집어 표현한 것이다. 이것은 아이러니이다. 이러한 반어는 시적 화자의 사랑이 영원함을 다짐하는 동시에 '그리운 사람' 또한 그것을 느껴주기를 바라는 간절한 마음에서 비롯되었고 볼 수 있다. 결국 이 시는 '내 사랑은 영원할 것이니, 임이여, 내 마음을 알아주소서.'라는 메시지를 담고 있다.

새벽하늘을 보다가
또렷한 별 하나와 마주칩니다
싸아한 공기가 가슴을 훑고
커피 물 끓는 소리 들릴 때
왜?
멀리 두고 온 아련한 한 사람이
머릿속을 흔들었는지 모릅니다
별 하나에 기대어
반짝거릴 사랑일 줄 알았는데
언제나 푸른 꿈일 줄 알았는데
경계선도 없이 허물어진 그날들이
바람결에 흐르는 강물 같기도 합니다   -「별 푸른 밤」

시적 화자는 지금 새벽하늘에 뜬 샛별을 바라보며 커피

물 끓는 소리를 듣고 있는 중이다. 조용히 추억에 잠겨들기에 적당한 시간이다. '멀리 두고 온 아련한 한 사람'이 문득 마음을 헤치고 나와 시적 화자를 혼란에 빠뜨리고 만다. '반짝거릴 사랑일 줄', '언제나 푸른 꿈일 줄' 알았던 사이였는데 '경계선도 없이 허물어진' 지금에 와서 자신을 혼란에 빠뜨리느냐고 반문하고 있다. 그것도 시적 화자가 스스로 '멀리 두고' 떠난 '사람'이 아니던가. 이것이 사랑이고 그리움이다. 사랑과 그리움은 미묘한 것이어서 합리적 논리로 설명할 수 없는 영역이 존재하는 것이다. 시적 화자는 커피 물이 끓는 소리를 들으며 옛 사랑의 그리움에 흠뻑 빠져들고 있다.

그 그리움에 시적 화자는 '아프도록 푸른 봄비 내리면' '목련과 벚꽃 하얗게 피었다'는 소식을 편지로 전달하겠다고 다짐한다. 봄은 소망의 계절이고 재생의 계절이다. 즉 '경계선도 없이 허물어진 그날'을 복원할 수 있는 계절임을 상기시켜 주고 있는 것이다. 한편 '봄이 왔다고 화사하게 웃으며/ 별 하나를 기억'해 주리라는 믿음으로 사랑했던 '사람'에게 편지를 쓰는 것이다.

편지는 이처럼 매신저인 동시에 잃은 사랑을 복원하는 이미지로 작동한다. 그러나 편지를 씀으로써 당장 사랑이 복원되는 것은 아니다. '밤 별들이 푸른 밤마다' '따뜻한 꿈'이나 꾸는 수준에 머물고 만다. 사랑을 복원시켜 줄 주체는 시적 화자가 아니라 '멀리 두고 온 아련한 한 사람'이기 때문이다. 이것이 시적 화자가 쓴 편지의 한계이다.

4

　사랑은 그리움을 촉발시키는 중심 요소이다. 근본적으로 그리움은 사랑에서 오고, 그것도 잃어버린 사랑에 기인한다. 그 사랑의 대상이 육친이거나 연인일 적에 그리움은 상승 작용을 하여 절실한 모습으로 다가오게 된다.

　나직한 목소리 대청마루 지나
　곤히 잠든 문지방을 넘었는데

　앞마당 풀들은 제 세상 만난 듯
　꼿꼿하게 고개 치켜들었던
　넓은 마당을 걸어
　풋사과 가득하던 그 나무 아래
　제 그림자 감추고 가지런히 누웠던

　광목 치맛자락 끄는 소리
　지금도 귓전을 돌아들고　 －「아득히 먼 그 집에는」 일부

　시인 정기모는 봉화 태생이다. '넓은 마당'이 있는 고향집을 '나직한 목소리 대청마루 지나/ 곤히 잠든 문지방을 넘'고, '광목 치맛자락 끄는 소리/ 지금도 귓전을 돌아들'고 있는 곳으로 기억하고 있다. '나직한 목소리'와 '광목 치맛자락'은 아버지와 어머니를 대유(代喩)한다. 결국 '아득히 먼 그 집'은 아버지, 어머니를 그리워하는 추억의 공간이 된다.

황소의 거친 숨소리로
앞 밭 갈아엎어 땅을 일으켜 세우던 곳
아버지는 한 해의 희망을 뿌리고
아이들 웃음소리 집안을 꽉 채웠었지
                    -「고향에도 봄이 오겠지」일부

오늘도 당신의 나라에서
그 파란 청솔가지 태우시고
땀에 젖은 아버지 등짐으로 지고 온
바르르 끓어오르던 싸리나무 태우시는지요
                    -「당신이 그리워요」일부

　시인이 기억하는 아버지는 식구들을 위해 행했던 노동
이다. 아버지의 그 희생을 시인은 그리워한다. 그러나 아
버지에 대한 기억에 비하면 어머니에 대한 기억은 디테일
하면서도 정서적이다.

옥양목 하얀 앞치마 두르시고
장독대 정한수에 기도 올릴 때
당신의 지친 어깨 감싸주던
휘영청 보름달이 밝아
청솔가지 싸리나무 태우기 좋으신지요
                    -「당신이 그리워요」일부

뒤숭숭한 꿈을 꾸고 난 후
산기슭 어디쯤인가

산비둘기 울음소리 들리던
먼 기억마저 살가우면
그리운 옛집으로 돌아가
뒤란으로 돌아드는 그리운 목소리
하마 당신인가 하여
눈물 가득 고이는 봄이다   -「바람 앞에 이르는 말」일부

새벽 강물에 하루를 건져 올리던
내 어머니 앞치마 냄새
아릿한 청솔가지 타들던 냄새
먼 고향을 돌아온 흔적에
목마른 사슴같이
시린 새벽 고요를 마시려네   -「새벽을 열며」일부

어머니
오늘 밤 제 꿈속에서 아지랑이처럼
곱게 웃으시다 가신다면
긴 밤 별들이 다 지도록
한참을 목 놓아 울어도 보고
따뜻하던 당신의 가슴을 안아보며
폐부 깊숙이 숨겼든 말들을
꽃인 듯 당신 품에 피워도 보겠습니다
                    -「그리움은 꿈처럼」일부

정 시인이 어머니를 그리워하면서 쓴 작품들이다. '어머
니'는 '옥양목 하얀 앞치마 두르시고' '뒤란으로 돌아드는
그리운 목소리'의 주인공이다. 그 어머니는 식구들을 위해

'장독대 정한수에 기도'를 올리기도 하고, '청솔가지 싸리 나무 태우기'도 한다. 그런 어머니이어서 시인은 '봄'이면 '하마 당신인가 하여/ 눈물 가득' 머금게 되는 것이다. 꿈속에서나마 곱게 웃으신다면 '눈물'이 넘치도록 '목 놓아 울어도 보고' '당신의 가슴을 안아' 보겠노라고 다짐한다. 이는 어머니에 대한 절실한 그리움을 울음으로 정화시키려 하는 시인의 행동이다. 이런 경우 감정의 절제는 오히려 사치일는지 모른다. 그만큼 감동의 울림이 있는 시편들이다.

육친을 소재로 읊은 일련의 시들의 시적 화자는 바로 시인 자신이다. 그래서 이런 시편들은 독자들에게 구체적인 이미지로 전달되는 힘을 지닌다.

민들레 까치발 딛는 소리에
널 향한 그리움은
창문을 넘어서는데
어느 것 하나 소홀히 할까
내 소중한 사랑인 것을

사랑아!
내 소중한 사랑아!
너의 기침 소리 들릴 때까지
하얗게 피울 찔레꽃 그늘에 들어
나 이제 잠으로 들려 한단다.

– 「내 소중한 사랑아」 일부

정기모 시에 등장하는 사랑은 대체로 부재하는 임에 대한 사랑이다. 그런데 「내 소중한 사랑아」는 사랑을 객관화시켜 그 '사랑'을 제재로 삼고 있다. 그것도 사랑에 인격을 부여해서 말이다. 그래서 의미의 결이 다른 시와는 다르다. '사랑'의 의미 범주가 시인의 개인적 정서에 머물지 않고 확장되어 있다. 여기서 시인이 의도하는 바는 아마 공감의 폭을 넓히고, 사랑의 보편적 원리를 강조하기 위해서일 터이다.

시인의 주관적 체험에서 나온 '사랑'의 크기는 이 범주 안에서 이해하면 될 것이다. 사랑이 응답-'너의 기침 소리'-할 때까지 아늑한 공간-'하얗게 피울 찔레꽃 그늘'-에서 침잠-'잠'-의 시간을 갖겠다는 결심에서 시적 화자의 사랑에 대한 열망을 확인할 수 있다. 사랑도 발효의 과정을 거칠 때 그 진가를 발휘하는 법이다. 임에 대한 그리움도 결국 발효된 사랑을 성취하기 위한 침잠의 하나일 것이다.

5

추억 속에는 변하지 않은 그 옛날의 사랑이 고스란히 남아 있다. 한편 추억은 현재 실재할 수 없는 기억 속의 현실이다. 그래서 추억과 기억은 함축하는 의미가 같다. 추억과 기억은 잃어버린 것이되, 마음속에 짙은 흔적으로 남아 있어서 사람들의 마음을 흔들어 놓는다. 그 흔들림이 그리움이다.

푸르게 무성하던 소문들처럼
성성하던 풀숲도 마른 눈으로 잠들고
자작나무 숲길도 깊은 숨소리로
고요만 끌어안은 적막입니다

문득 무겁지 못한 생각들이
처마 밑 새떼같이 찾아들 때
겨울 저녁은 바람을 앞세우고
호롱불 같은 그리운 추억을
명치끝으로 더듬게 합니다

첫눈 내린 뽀얀 길 위에
꽃문양을 찍던 발끝 아림은
잊지 못하는 첫사랑 같은데   -「하얀 추억」일부

'자작나무 숲길'마저 고요한 '적막'에 드는 겨울 저녁에 시적 화자는 '바람'을 앞세워서 '그리운 추억'의 세계를 더듬어 찾는다. 그 과정에서 '첫사랑' 같은 '하얀 추억'과 해후하고 있다. 여기서 시어 몇에 관심을 둘 필요가 있다. 그 시어들이 지닌 함축성을 살핌으로써 시 전체의 윤곽을 파악할 수 있기 때문이다. 우선 '자작나무 숲길'은 '적막'을 심화시켜 주는 공간적 배경이다. '겨울 저녁'은 바람을 매신저로 삼아 시적 화자를 '그리운 추억'으로 인도하는 시간적 배경이다. 여기서 집중할 것은 '호롱불'이다. 표면적으로는 '그리운 추억'의 보조 관념이지만, 이것이 함축하는 의미는 넓다. 그것은 구체적으로 고향, 임, 고향집, 혈육 등을 함축하는 것으로 해석할 수 있다. '첫눈 내린 뽀얀 길'은 제목과 연결되면서 추억의 순수성 내지 진정성과 관련을 맺는다.

　너무 쉽게 말할 수 없는
　입안에만 머무는
　그리운 한 사람 있습니다

　만남도 아지랑이 속같이
　아른거리다마는
　보고 싶은 사람 있습니다

　겨울 지나 봄으로 가는 길에서
　파릇한 웃음 건네고 싶은
　그리운 사람 있습니다　　-「그리운 사람」일부

　추억 속에서 찾은 것이 그리움이라면 그 그리움의 대상은 무엇이고, 그것을 어떻게 그려내고 있을까. 이것이 궁금하다. 그리운 대상은 '사람'이다. 그런데 그 사람은 단순히 '그리운 사람'이 아니다. '쉽게 말할 수 없는', 그리하여 함부로 범접할 수 없는 존재이다. '만남'의 자리에서도 신기루처럼 잡히지 않는, 그리하여 만나고 있으면서도 '보고 싶은 사람'이다. 그리고 봄철의 '새싹' 같은 '웃음 건네고 싶은' '그리운 사람'이다. 결국 그리운 사람은 시적 화자에겐 절대자와 같은 존재이다.

그래요, 그리움은
새벽마다 내게로 돌아와
이슬 같은 흰 손으로
내 야윈 이마를 짚어주겠지요

잊었던 옛 노래처럼
아무렇지도 않은 그리움만
깊은 새벽길 달려와
내 쓸쓸한 이마를 짚어 주겠지요

싸늘하게 식은 찻잔 속에
외롭게 어리는 그림자만
그리움의 길을 따라 점점 길어지네요
기다림의 향기는 점점 깊어지는데
　　　　　　　　　　　　－「기다림의 향기」 일부

　시인 정기모는 '그리움'을 '기다림'에 귀결시키고 있다.
그녀의 시, 「푸른 시절」에서 '기다림으로 가는 이 길이 오
래 전 접었던 그리움'이라 읊은 데서도 이런 점은 확인된
다. '새벽'마다 '그리움'이 나타나 '내' '야윈 이마'와 '쓸쓸한
이마'를 짚어 주기를 기대한다. 이것은 곧 그리움의 해소
이면서 사랑의 회복에 대한 기대이다. 그러나 기대와는 달
리 '외롭게 어리는 그림자'만 길게 드리울 따름이다. 기다
림의 징후－'향기'－는 점점 아득하게 멀어질 뿐이다.

쪼그려 앉은 등 뒤로
하얗게 달려와 안기는
향기는 왜 이리 서러운지요

　　　　　　　　　-「숲은 돌아누워 우는데 」일부

　마침내 시적 화자에게 '기다림의 향기'는 '서러운' 것이
되고 만다.

6

　시인이 일관된 시적 경향을 가지고 시를 쓸 때, 독자들
은 그 시인을 신뢰한다. 주제가 선명하게 구축되는 것도
주체적 시적 경향에서 비롯된다. 문학적 성과 역시 이쯤에
서 이루어진다. 여기서 시인이 경계할 것은 자신의 시가
매너리즘에 빠져들지 않도록 긴장하면서 주의를 기울이는
일이다. 무슨 일이든 오래 지속되다 보면 긴장이 풀리고
느슨해지기 마련이기 때문이다.
　이때 이완된 마음을 조이고 가다듬을 수 있는 계기가 필
요해진다. 시를 쓰는 일도 이와 같다. 결정적 시기를 변곡
점으로 삼아 변신을 도모해야 한다. 피카소도 그 화풍을
바꿈으로써 청색 시대, 장미 시대, 입체주의 시대를 스스
로 열었던 것이다. 이 새로운 도전은 피카소 자신의 예술
을 높은 경지로 끌어올리는 계기가 되었다.
　정기모 시인은 그리움의 정서를 자신의 일관된 목소리
로 다듬어 세상에 내 놓음으로써 하나의 색깔을 뚜렷하게

유지해 왔다. 그리움의 정서는 배달겨레의 오래된 정서이다. 고려가요에서부터 시조, 아리랑과 민요, 그리고 김소월, 서정주, 박재삼에 이르기까지 그리움을 노래했다. 이러한 전통에 기대면서도 개성적인 목소리로 그리움의 정서를 노래함으로써 정기모다운 그리움의 미학을 구축한 것이다.

이쯤에서 시작의 변화가 필요하지 않나 생각한다. 이것이 정기모 자신의 시가 폭을 넓이는 기회가 될 것이고, 자신의 또 다른 역량을 드러내 보일 수도 있을 터이니 말이다. 새로운 모습으로 변신해서 화려하게 등장할 시인 정기모를 그리면서 이 글을 맺는다.

빈 계절의 연서 | 정기모 시집

초판 1쇄 발행 2016년 11월 25일

지은이 정기모
편낸이 권영금
펴낸곳 도서출판 아람문학

등록번호 516-2011-2호
경북 청송군 청송읍 두들길 8호
TEL 010-8525-1563 / FAX (054)873-6215
E-mail / yg2100@hanmail.net
http://cafe.daum.net/kwonsh57

값 10,000원
ISBN 978-89-967485-8-8